❧ resposta ❦

Elisa Nazarian

resposta

Ateliê Editorial

Copyright © 2005 by Elisa Nazarian

Direitos reservados e protegidos pela lei 9.610 de 19.2.98. É proibida a reprodução total ou parcial sem autorização, por escrito, da editora.

Dados Internacionais de Catalogação na Publicação (CIP)
(Câmara Brasileira do Livro, SP, Brasil)

Nazarian, Elisa
Resposta / Elisa Nazarian. – Cotia, SP: Ateliê Editorial, 2005.

ISBN 85-7480-279-4

1. Poemas em prosa brasileiros   2. Poesia brasileira   I. Título.

05-1094   CDD-869.91

Índices para catálogo sistemático:

1. Poemas em prosa: Poesia: Lieratura brasileira   869.91
2. Prosa poética: Lieratura brasileira   869.91

Direitos reservados à

ATELIÊ EDITORIAL
Estrada da Aldeia de Carapicuíba, 897
06709-300 ◆ Granja Viana ◆ Cotia ◆ SP
Telefax (11) 4612-9666
www.atelie.com.br ◆ atelie_editorial@uol.com.br
2005

Foi feito depósito legal

Para meus amigos, pelo carinho e generosidade.
Para o Charra, pelo meu amor.
Para meus filhos, que são a minha vida.

Para Marília

Para Quinha
Para José Mindlin
Para Ruth Rocha

eu vinha voltando

Eu não estava indo, na verdade eu vinha voltando. Eu queria mesmo só mais tarde e você me aparece assim tão cedo. Eu, ressequido de ruim, e você me inunda de um assim tão bom. Eu na fuga de um triste amargo e você me agrada assim tão doce. Eu abafado, sem ar e quente, e você me abana um ar assim tão fresco.

Você não percebe que me assusta. É natural que eu apresse a marcha, arrepie o pêlo e desapareça. Agoniado com esse futuro que se me anuncia tão bom.

É apenas natural.

M.R.

Durante um bom tempo ela ficou deitada, talvez meses, os olhos teimando em só enxergar lembranças.

Fazer queijo era uma das boas coisas. Sentia-se feminina ao cortar o coalho e ver o soro se desprendendo.
De vez em quando a vaca mugia no pasto. Fazia toda a diferença. Antes no sítio não tinha vaca.

Ele aparecera do nada. Numa manhã qualquer, deixou o trecho de um conto em sua casa. Ela pensou que fosse uma carta. Sem assinatura. Falava quase de paixão.
Ela andou com a carta/conto na bolsa por uma semana. Cismando. Mostrou pros melhores amigos, depois desistiu.
No décimo dia ele telefonou.

Ela sentia falta do cheiro de mato. Dos cachorros. E das cigarras. Em Nova Iorque, comprou uma cigarra de origami, feita com fibras por um chinês, na calçada do Soho.
Um pouco antes tinha falado com ele ao telefone. Ele estava no sítio e as cigarras cantavam tão forte que ela podia ouvir, como se estivesse ali, na varanda.

A cigarra de origami ficou pendurada no quarto dele, junto aos livros.

Ela agora estava muito magra, 41 quilos. Os quilos que perdera ficaram esquecidos nele, no seu amor por ele. Quando lhe contaram o quanto ela emagrecera, ele vomitou toda sua raiva. Quatro páginas furiosas de destruição, tentando desfazer todos os elos.
Ela não acreditou. Achou que ele estava sofrendo, embora lhe tivesse prevenido que não procurasse nada nas entrelinhas. Talvez ele não soubesse.

Gostava de acariciar o braço dele, enfiar a mão por debaixo da camisa, enquanto ele estava dirigindo. Viajavam para fazer longas caminhadas. Conversavam muito.
Ela imaginava que poderia voltar a ter uma família, ficar bordando na sala, fazer as compras do mês.

Quando se encontraram pela primeira vez, ela não teve medo, nem se percebeu encantada. O destino se encarregou de lhe ditar os gestos e as falas. Como se tudo já estivesse previsto. *Fate*.
Olhou pra ele sem o reconhecer. Ele já a conhecia há quarenta e cinco anos. Vira como ela amarrava o tênis e como pegava na xícara para tomar café.
Ela nem sabia que eles iam acabar fazendo um forno de barro juntos. Com bosta de vaca e tudo mais.

Quando ele não aceitou que fizessem planos e se disse em paz com a separação, ela soube que seu amor por ele seria coisa de vida inteira, ainda que no vazio.

Viveram três anos juntos, Por diversas vezes acenderam a lareira; em algumas delas assaram batatas, em algumas outras fizeram amor no tapete.
Gostavam de se deitar emaranhados. Ela sorvia o cheiro dele quase que por sobrevivência. Tinha vontade de se fundir na pele dele, como na música, como tatuagem.
Mandaram fazer uma cama enorme, horrorosa, que ela chamava de cocheira. Ele precisava de espaço, ela queria dormir agarrada.

Quando na primeira noite, ele mostrou seus contos, ela deu Graças a Deus! Eram bons. Mesmo assim, não se deu conta de que com ele voltaria a andar a cavalo e desceria a Serra do Mar a pé.
Dançavam juntos feito adolescentes, errando os passos, caindo na risada. Se dava vontade, ela enfiava a perna no meio das pernas dele, bem colada. Ele se atrapalhava, mas achava bom.

Num sábado à noite, ela ensinou o filho dele a fazer

maria-mole. Sentia-se orgulhosa em fazer com eles coisas que eles nunca tinham feito.

Conversava bastante com a mãe dele, morta há mais de quinze anos e a quem nunca conhecera. Achava que eram parecidas. Talvez fossem. Quando lhe perguntava, ele só sorria. Não concordava, mas também não negava. Talvez fossem.

Ele mostrou a ela como podar as plantas e como espremer um berne.

Em noite sem data, reservou um jantar no Copacabana Palace. Deixou de ser uma noite qualquer.

Ficava irritado, quando as coisas escapavam do seu controle, quando ela era mais do que a colega de infância, contrariando sua fantasia.
Ela não ficava irritada com ele, porque não cabia, vivia um amor de destino, sem escolha.

Mandou colocar uma banheira na casa nova, pra que ele se sentisse à vontade, mergulhado nos banhos de imersão. Antes mesmo do primeiro tijolo, ele já se despedira.

A respiração dela ficou curta e cansada. Passou um Natal sem luzes, envelheceu alguns séculos no dia de seu aniversário.

Ficou sem saber pra onde ele ia nos finais de semana e nos feriados. Ficou sem ir pra lugar algum. Sem desejos.

Ao lado dele, ela tricotou uma malha inteira, com lã que trouxe de viagem.

Ele fez um cajado pra ela e lhe comprou um vaso de hibiscos amarelos, que davam muitas flores.

Quando teve que ser operado, coisinha pouca, ela teimou em ir com ele, pra lhe molhar os lábios nos momentos de agonia. Ele teve medo da presença dela, mas acabou gostando.

Não avisou, quando foi ao Pronto-Socorro com medo de enfarte.

Jogavam palavras cruzadas nas noites em que o filho ia com eles pro sítio. E, às vezes, iam todos comer pizza ou esfiha no domingo, como se estivessem no mesmo laço.

Os filhos dela já estavam grandes, adultos mesmo. Ela criara todos sozinha, mas tinha suas dúvidas. Achava que era uma família pela metade.
Perdera um filho ainda bebê, o primeiro dos quatro. Pensou que fosse ficar louca. Não ficou. Nasceu foi uma ruga no canto da boca. O amor pelo filho ficou represado no fundo do peito, sem solução.

Iam juntos ao cinema. Ele comprava pipoca com bastante manteiga. Ele não tinha o hábito de ir ao cinema. Ela ia até sozinha. Encantaram-se com alguns filmes, gostavam de descobrir coisas juntos.
Ela andava de bicicleta e tinha medo de água.
Ele gostava de água e comprou dois caiaques, um pra ele e outro pro filho. De vez em quando, viajavam juntos pra descer o rio. Ela ficava se preparando pra sua volta.

No primeiro reveillon sem ele, ela olhou pro céu e lhe desejou coisas boas.

Nos primeiros meses, em que passaram juntos, ele foi um homem feliz. Ela até tirou uma foto dele pra que a filha visse. Queria que a filha soubesse o quanto fazia o pai dela feliz. Depois de algum tempo a filha soube. E só se incomodou um pouco. As duas se davam bem.

Por três vezes ela rasgou o peito e lhe contou da morte em que estava vivendo. Por cinco ou seis vezes ele virou o rosto e não reconheceu que a amava. Mas amava.

Foram juntos procurar os cavalos, roubados de véspera. Não encontraram. Um deles tinha puxado a charrete, no dia em que ele lhe apresentou o sítio. Só restou o cavalo branco, que ninguém mais montou.

Ele vivia reclamando um gramado verde, um tapete mágico. Dizia que ela se enroscava muito. Ela sabia que um gramado verde precisa de trato, alguém que regue, adube, corte e tire o mato. Ele não queria saber da trajetória. Só se importava com o resultado. Coisa de homem…

Ambos se descobriram amantes de Raymond Carver. Gostavam de comida japonesa e ela preparou um cuscus marroquino, que ele ainda não conhecia.

Quando ficar longe dele começou a se tornar insuportável, ela veio com a história do armazém em São Luiz do Paraythinga. Assim, com y e com h. Iria ficar gorda, os peitos fartos, avental amarrado, passando um pano no balcão. O chão feito de tábuas largas. O armazém venderia de tudo: arroz, feijão, lingüiça, batatas, óleo, balas, uma cachaça de vez em quando e teria sempre um gato miando por perto. A história do armazém cresceu bonita, enfeitou até o bolo dele no aniversário. Foram conhecer a cidade e posaram pra fotos, na frente do armazém dos sonhos. Ele ficou inquieto. Ela ficou feliz por terem uma história juntos. Mesmo que não fosse totalmente verdadeira.

As idas pro sítio eram o melhor momento da semana. Gostava de ficar na rede com ele, embalando a vida. Ainda assim, sentia-se uma estranha ali, não tinha a sua marca. O sítio viera com o passado dele, o casamento dele, os móveis e os tapetes. Cismou um novo cenário.

Na primeira vez em que dormiram juntos, ela deu a ele uma mulherzinha nua, de porcelana, em pose brejeira. Ele ficou deliciado, mas a deixou escondida no fundo de uma gaveta do escritório.

Ela adorava comprar presentes e ter a mesa farta. Coisas da raça.

Queria passarinho perto da casa. Colocou mamão no muro, levou alpiste, pôs água pra beija-flor, mas eles não vieram. Talvez pelo tucano, que balançava na varanda.

Passou a sentir falta do filho dele, das tardes em que estudavam francês juntos, do bolo que enfeitou pra ele no aniversário.
Quando viajava com o pai, ela sempre lhe dava uma sacola de lanche, como reforço. Ou quase sempre.

Por algum tempo se referiu ao conto de Andersen, A Pequena Vendedora de Fósforos. *Uma menina no inverno da noite de Natal, com fome e frio, que via as famílias comemorando, ao espiar pela janela.* Dizia que se sentia assim, do lado de fora. Ele se sentia impotente. Dizia não querer que ela fizesse parte. Não podia arcar com mais problemas.

Ele plantou coqueiros, porque ela adorava tomar água de coco. Plantou uma jabuticabeira e fez um canteiro de azaléias, onde antes era um banco de areia em que os filhos brincavam. Ela arrancava o mato, que crescia junto às azaléias, tentando entender sua vida.

Perto do último Natal, pouco antes do fim, ele lhe mandou um pinheiro com raiz, que iria durar a vida toda. Ela não teve coragem de pôr o pinheiro pra dentro de casa. Comprou outro, que morreria em menos de um mês.
O pinheiro dele ficou em meio às outras plantas, secando aos poucos.

Ela não queria se casar com ele. Precisava de silêncio. Queria era fazer comida nas próprias panelas, conhecer a mãe dos filhos dele e abrir a porta, quando ele chegasse cansado. Queria deitar a cabeça num travesseiro que tivesse o cheiro dos dois.
Eles eram muito diferentes e muito iguais.
Ela o via como o seu destino.
Ele tinha medo das estranhezas dela.

Passaram horas dentro de livrarias.
Ela o levou a todos os lugares que lhe eram preciosos.
Assistiram a dois musicais, jantaram com o amigo dele, ela lhe ofereceu um brunch com champagne no Waldorf Astoria.
Ficaram num hotel inusitado, um tanto decadente, com chave na porta e tudo mais. Ela adorou. Trazia uma história. Os lençóis eram limpos, tinha luz de abat-jour, um fogãozinho, geladeira e uma televisão com controle remoto.
Compraram vários sapatos e muitos livros. Ela gastou todo o resto em presentes. Trouxe um par de tamancos cor de goiaba pra filha dele.

Era o homem mais masculino que já conhecera.
Podia se aninhar no colo dele, suspirar feito mulher.
Podia bordar almofadas e temperar pato de véspera.
Acreditava que ele faria a casa dela. Ele não quis saber da casa. Não estava em momento de mudança.

Tentaram subir o Voturuna: ele com o filho, ela com o cachorro. No caminho pararam pra fazer um picnic. Voltaram cheios de carrapatos. Às dezenas, na barriga. Ela se lembrou dos tempos em que ia pra fazenda do avô, há mais de trinta anos. Ficou feliz por voltar a ter que arrancar carrapatos.

Ela se lembrava muito do avô. Achava que estava por perto, num sabiá-laranjeira que cantava o dia todo no jardim de seu trabalho. Deu ao sabiá o nome de Agostinho. Não era o nome do seu avô.
No dia em que comprou o terreno, o sabiá parou de cantar mas não foi embora.

Foi ele quem insistiu pra que fossem conhecer o condomínio e o primeiro a se encantar com o terreno. Esboçou alguns projetos para a casa e se ofereceu pra acompanhar a obra.
Ela começava a escorregar por um caminho de sonhos desfeitos.

Não cuidava do carro.
Tinha o costume de deixar a gasolina sempre no limite.
Ela via essas coisas com ternura.

Depois da separação, deixou de usar a bicicleta de marchas que ele lhe dera. Um presente carinhoso. Uma surpresa bem feita. Ele equipou com banco confortável, cestinha, pisca-alerta e lanterna.
Ela se sentiu cuidada.
Deixou de ligar o rádio que ele mandara colocar no carro e jogou o relógio de parede no lixo. Passou a contar o tempo em sua pulsação desordenada.
Tirou quase todos os retratos dele da parede, as fotos da carteira. A presença dele inundou todos os cantos da casa e do seu corpo.

Alguém por perto tinha o assobio igual ao dele.

Por terem se encontrado quando ambos já tinham 51 anos, acelerou-se nela a urgência e saiu a comprar só roupas de cores claras.

Ele gostava de dormir cedo. Ela era muito mais ativa à noite. Passeava com o cachorro, regava as plantas, fazia seus textos, tudo à noite. Tinha problemas de insônia. Quando podia, usava as manhãs para tirar o atraso. Acordava aos poucos, levava mais de uma hora.
Ele não gostava de ir pra cama sem ela.

Compraram mudas de plátanos e de taxodiuns.
Deram a ela mudas de pata de vaca, açaí e pau-brasil.
No Natal em que não estavam mais juntos, ele mandou o trilho e as panelas pra pendurar na cozinha da casa nova. Bilhete seco.
Naquele Natal ela ganhou muitas coisas pra casa nova.

A vaca. A vaca chegou com um grande laço de crepom vermelho e prenha. No mês seguinte pariu um bezerro lindo, marrom escuro, quase roxo.
Depois de um tempo ela aprendeu a fazer queijo e coalhada seca. Achou que se seguiriam compotas, pães e geléias.

Começou a cutucar as unhas.

O filhote, que ela escolheu, matou o ganso e cinco galinhas d'angola quando ainda não tinha cinco meses. Ela o salvou de morrer na piscina e o manteve aquecido, enrolado em cobertor. Ele tremia muito.
Era um cachorro manso e tímido. Eles se gostavam.

As portas de vidro ficaram mais alegres com os quadradinhos de fuxico, que eles penduraram a esmo.

Como ele ainda não tinha devolvido as roupas que estavam no sítio, ela achava que ainda haveria uma possibilidade. Depois pensou que não. Ele sempre se dissera homem de terminar sem olhar pra trás.
Ela tentava se agarrar ao vazio disso tudo.
Deve ter ficado mais feia. Perdeu o balanço do andar.
Diziam que ele estava muito bem.

Deu à vaca o nome de Glória.

Teve medo quando percebeu, que teria que contratar o engenheiro sozinha. Contratou.
Teve medo de perder o feminino, ao discutir o preço dos tijolos, a altura do alambrado. Não queria errar na distância dos ganchos da rede. Tocava a vida sem ele. Construir a casa no mato era mais forte do que qualquer coisa.

Falavam várias vezes ao telefone. Acordavam e dormiam se falando.

Ele se incomodava com o passado dela. Não gostava de ver suas fotos, nem de ouvir suas saudades. Não contava quase nada do passado dele. Ela gostaria de saber tudo.

Ele vivia entre o dever e a culpa. Essa era a visão dela.

Deixou a filha em casa, fechou os vidros do carro, e veio sozinha gritando durante todo o caminho de volta. Era madrugada.

Se ele estivesse no escritório e ela em casa, podiam olhar as mesmas nuvens. Pelo telefone também falavam disso.

Ele se alimentava do romantismo dela.
Temia se render ao romantismo dela.

Fizeram um passeio a cavalo de Gonçalves a Monte Verde. Como não conheciam as trilhas, foram pelo caminho mais longo. Nove horas. Foi nesse dia que ela teve certeza de querer morar no mato. Nem que fosse pra depois voltar pra trás.

Dois dias depois de dizer que gostava dela, tentou calcinar esse amor num delírio de peças retorcidas.
No desajeito, juntou todos os fatos, todas as migalhas e lhes deu cara mal-feita. A chama só resvalou.

As amigas comentaram que ela estava falando muito baixo.
Ele afirmava que a história deles já estava acabada há um certo tempo.
Para ela, eles ainda nem tinham começado.
Voltou a dormir em um só canto da cama.

Era uma pessoa bem estruturada. Solo firme.
Suas metas tinham fluência, nada que engasgasse exageradamente o previsto.
Só ela. Escapava por qualquer brecha. Tumultuava.
O destino fazia dela gato e sapato. Mantinha-se no eixo, mas as ondas fustigavam o bote. Nem sempre o horizonte era uma linha clara.
Achava que talvez ele significasse uma trégua, onde poderia aprender a fazer bolos macios.

Cobriam as mesas com toalhas de xadrez miudinho, vermelho e branco, espalhavam bandeirinhas por toda volta da casa, faziam pipoca, cachorro quente e paçoca. Instalar o pau de sebo era sempre uma dificuldade. Tinham que cortar o tronco, cavar um buraco bem fundo e trazer o cavalo pra colocar o tronco no lugar certo. O filho dele fazia um nó de escoteiro na corda, pra conseguir soltá-la, quando o pau de sebo já estivesse fincado.

Convidavam muita gente; metade trazia os doces, metade os salgados. A paçoca fazia muito sucesso, alguns levavam pra casa.

Tinha sanfona, triângulo e zabumba e, no primeiro ano, dançaram uma grande quadrilha, no finalzinho da tarde.

Arrumaram várias receitas de quentão e fizeram uma mistura de duas delas. A casa ficou com perfume de gengibre.

Ele comprava os fogos, ela as lanternas japonesas, as bandeirinhas e o mastro com os três santos.

Numa das vezes fizeram pão de queijo.

Foi na festa escocesa que ela notou o quanto ele já estava distante.
Ela o olhou do buffet, sentado à mesa, em meio a outras pessoas, e ele não lhe devolveu o olhar. Não a percebia. Por trás da aparência leve e descontraída, um tormento.
O tempo dele não era o tempo dela, a alma deles era uma coisa só.

Porque ela teve que mandar sacrificar o cachorro da casa, na manhã seguinte ele mandou trazer o cachorro do sítio e dez litros da Glória. Tentava diminuir a tristeza dela.
Fazia mais de três meses que eles não se viam, nem se falavam.

Nele não houve o movimento. Creditou o desassossego dela aos hormônios, à família, à insatisfação no trabalho, a qualquer coisa que passasse ao longe, de confusa leitura.

Ele adorava bolo de fubá.

Os amigos dela foram muito generosos.
Dos amigos dele, ela nada soube.

Andavam do sítio até Pirapora do Bom Jesus. A graça estava na caminhada. A cidade, mal-tratada, exibia um rio Tietê cheio de plásticos e espuma de detergente. Cheiro forte.
Ele sempre entrava na igreja. Ela, nem sempre.
Depois iam comprar sorvete num lugar que era muito bom. Tomavam na casquinha, que era quase o melhor de tudo. Ela pedia de milho, ele uma vez pediu de coco, por sugestão do dono. Gostaram.
Na igreja havia uma faixa, conclamando os fiéis ao dever cristão de se doar o dízimo. Ela ficou revoltada com os vendilhões do templo. Ele não se incomodou. As lojas em torno vendiam santos, terços, chapéus e quinquilharias.
À porta da igreja havia um touro negro, em que as pessoas montavam pra tirar fotografia. Coitado!

Em certa época ele recomendou que ela levasse um dente de alho no bolso, pra afastar mal-olhado. Temia uma ameaça à sua boa sorte.

Primeiro ela terminou o projeto da casa com a amiga
arquiteta; depois pegou traduções para fazer à noite,
tentou retomar o bordado e foi assistir a todos os filmes.
Por várias vezes ligou a televisão.
Quando se cansou de se sentir metade, arrumou
as malas e foi pra Visconde de Mauá. Estava tão
minúscula, que os amigos do filho a carregavam no colo.

Aprendeu a conviver com a sombra dele lhe
acompanhando os passos.
Aprendeu a forçar o ar pra dentro de seus pulmões.

Às vezes ela assumia a direção, na estrada, pra que ele viajasse mais relaxado.

Trabalhou os contos dele com certeza e euforia. Eliminou os excessos, inverteu frases, afunilou pensamentos com o prazer de quem conhece e gosta. Passaram algumas noites nessa culinária d'alma, nesse cerzir de afetos. Discordaram quase nada.
Depois endereçaram os convites em letra escrita com a mão e boas lembranças.
Os dois terminaram a noite de autógrafos a dois palmos do chão e bêbados. De bebida mesmo, muito pouco.

Numa das vezes em que foi só com a filha pra Visconde de Mauá, ele pediu que colocassem um vaso com muitas flores no chalé delas.

Depois que a raiva amornou, se pôs a mandar recados que não tinham começo e terminavam num lacônico abraço. Queria estar próximo à construção da casa. Ela respondia com frases de amor e débeis tentativas de distanciamento. Queria tê-lo entre suas pernas.

Um pouco antes deles se separarem, ela perdeu os óculos, a caneta, as pedras de dois brincos e de um anel. Temeu o que estava por vir.

Ficou torcendo para que o filho dele não conseguisse aprender francês com mais ninguém, e que suas notas não fosse lá muito boas.

Achava que não voltava a engordar porque só lhe sobrara a essência, todo o resto ficara guardado nele. Não era uma questão de vontade ou de merecimento. Era como se fosse um feitiço, ao qual eles não tinham querer.
Nunca se sentiu tão frágil e tão forte em sua pequenez.

A faxineira disse que ela tinha tido duas percas muito grandes: ele e o cachorro.
Ela achou que perca era melhor que perda, mais cheia de significado.

Enquanto estavam juntos, por quaisquer dois dias sem, afirmava saudades dela. Depois, na longa distância, nunca mais.

Começou a duvidar da importância de tudo aquilo para ele.
Um caminho de mão única dela; um percurso passageiro dele.
Brincadeira de algum deus atrapalhado.

Mandou-lhe o texto com suas confissões.

Soube-o dançando em noite de alegria.
Fechou os olhos por medo de enxergar com quem.

Andaram da Barra da Tijuca ao Flamengo, em manhã de muito sol. Como ela não se desse com o calor, ele propôs que fossem pela beirada do mar. Doce proposta. A água gelada refrescou-lhe os pés e a areia firme lhes embalou os passos.
O mundo deixou de ter tamanho.

Ressentia-se por nunca terminarem os domingos juntos, só os dois.
Lá pelo meio da tarde, ele lhe fechava as portas pra se fechar em sua família. Queria que ela dormisse lá com ele. Às vezes. Ela não conseguia. Tinha uma casa e um sonho.
No apartamento dele, não havia espaço pra vasilha do cachorro.

Às sextas-feiras, passava no supermercado pra escolher o que cozinhar pra ele. Fazia parte dos seus gestos, a panela esquentando no fogo e o alho picado miudinho. Ele reclamou que estava ficando gordo.

Dava dois dedos de prosa em cada esquina, como se a cidade fosse um povoado e vivesse rodeada de amigos. Quando iam para o interior, ele se tornava igual; perdia a pressa e o tempo se tornava muito muito longo.

Foi com a filha dele comprar roupas pro casamento da prima.
Entraram em diversas lojas, as duas com a mesma idade e com o mesmo gosto. Nenhum estranhamento.
Queria que ela se sentisse linda.
Concordaram na mesma saia e passaram, das roupas de festa, a escolher calças jeans.
Sentia prazer em estar com a filha dele, naquele programa só de mulheres.

Só conseguia dizer I love you, ainda assim rápido e baixinho. Falava mesmo era com o olhar, e no sorriso que lhe endereçava.

Mandou um e-mail dizendo que os textos dela eram belíssimos e fez uma apreciação literária muito favorável.
A emoção foi despontando aos poucos, e na mensagem seguinte, transpareceu raiva velada.
O amor ainda estava lá.

No final de um dia de trabalho, tiveram que ir ao sítio socorrer o cachorro dela; tinha mordido um ouriço e não deixava ninguém chegar perto. Foram os três: ela, ele e o filho.
O cachorro tinha a cara cravada de espinhos: no focinho, na língua, nas gengivas, por entre os dentes. Atendeu ao chamado dela.
Foi preciso veterinário, anestesia e alicate.
O filho ficou ao lado, olhando atento; ele se pôs ao longe, disfarçando a aflição; ela quedou feliz, por ter os dois por perto.

O lençol mais macio era pra quando ele vinha dormir na cama dela.

Encontrou a amiga astróloga, que não via há muito. Na verdade nem sabia que ela era astróloga. Um encontro de acaso que resultou num mapa.De uma hora pra outra ficou sabendo que seu ascendente era escorpião, e não sagitário, e que seu período de horrores estava chegando ao fim.

No lançamento do livro do filho dela, ele já tinha se declarado à margem e ela não lhe mandou convite.
Todos os outros foram.
A ausência dele percorreu a noite.

Ainda mandava presentes nos aniversários dos filhos dele. Não só por eles mas por ela. Os nós da maternidade.

Ela o queria como companheiro.
Ele a tratava como companhia.
Ela achava que, por isso, não iriam a lugar algum.

Tinha um peixinho dourado, desses nascidos pra aquário redondo, mas que estava num aquário de paredes retas, sem grandes pompas.
De começo eram dois peixes, mas, depois que um deles se foi, não houve reposição. O que restou deu pra engordar tanto que ficou parecendo uma carpa. Perdeu a graça de ser o peixinho do Pinóquio, nem vermelho era mais.
Ele chamava o peixe de Caryl Chessman.

Comprou um quadro, morrendo de medo de que ela não fosse gostar. Ela não gostou, mas achou que isso não tinha a menor importância.

Lamentou o passado que não viveram juntos, até se deparar com a perplexidade do presente.
A manicure contou que, ao se separar do marido, pediu desculpas por tê-lo amado tanto. Sem ironia...

Passou quinze dias preparando lembranças de Páscoa.

Ele temia que, estando com ela, limitaria o tempo disponível para os filhos.
Ela acalentava o sonho de ir pra Patagônia.

Passados mais de quatro meses, ela ainda pensava nele todos os dias e dormia com ele todas as noites. Numa delas sonhou que o acusava de ter medo.
A angústia já diminuíra, sobrava uma tristeza abafada.
Sua filha, no espelho, jurou que nunca mais voltaria a sofrer por um homem que a rejeitasse.
A casa começava a ser construída e ela já escolhera todo o material de revestimento.
Ele propunha que se tornassem amigos.
Ela ainda pesava 41 quilos.

Pediu à empregada dele que não aprendesse a fazer nira nem shimeji. Ficassem como lembranças dela.

Colheram flores amarelas na beira da estrada, pra colorirem seu próprio canteiro.

Ela não tinha telefone celular, portão com controle remoto, multiprocessador, carro hidramático, banda larga. Brincava que mal dava conta da batedeira de bolo.

O amigo livreiro comentou que ela, triste, não tinha a menor graça.
Ele dizia que o sorriso era o que ela tinha de melhor.
Parecia alegre na foto do jornal.

Por e-mail avisou que, para aceitar a separação, ela teria que enfrentar a quebra do hábito. Ela achou aquilo muito pouco. Não era questão de hábito, era questão de vida.
Respondeu isso a ele num bilhete atormentado. Por semanas, só restou silêncio.

Gostavam de tomar caipirinha, marguerita e saquê. De surpresa, ele preparou um *caju amigo*, em fim-de-semana só deles dois.

Quando desceram a Serra do Mar e ela teve um problema nos joelhos, ele a apoiou nos últimos 3 km da descida. Ia na frente, como um escudo, a passos lentos, as mãos dela segurando em seus ombros. Lutava pra entender toda essa história.

Ter cachorro tinha sido um frustrado sonho de infância. Quando pequena, a essência da felicidade lhe aparecia como uma sala cheia de livros, lareira acesa, uma poltrona onde ficasse lendo e um enorme cachorro deitado a seus pés.
Agora só faltava a lareira.

Recomeçou a ir a festas de uma forma sorrateira, como se estivesse enganando a si própria. A alma desprendida do corpo.
Alguém a percebeu interessante.
Imaginou que talvez os seus ombros já não estivessem tão curvados.

Em Campos de Jordão os dois fotografaram vários detalhes para a casa dela. Foi ele quem teve a idéia.

Ele passava na frente da casa dela todos os dias, muito antes de começarem a construir os seus destinos.
Adolescentes. Ele já a trazia como mecha de infância.
Depois seguiu por estrada larga e bem traçada, outros enlaces, a voz dela lhe soando à mente em horas longínquas.
Ela arriscou por trilhas acidentadas, outros percalços, sem qualquer lembrança dele, desprevenida.
A decisão de buscá-la lhe veio num balanço da rede.

Os três filhos. Pariu os quatro com a determinação
de uma gata e um prazer sensual. Nos trabalhos
de parto conheceu cada milímetro de seu corpo,
cada centímetro de desejo. A força da expulsão a fez
comungar com céu e terra, entranhar-se no Absoluto.
Com os três que ficaram, se descobriu doadora.
A maternidade a colocou em cadeira de balanço,
murmurando cantigas de ninar, filho ao colo. Passou
anos no mundo das histórias de fadas.
Nos intervalos, trabalhava para tornar possível a vida.

Ele tinha diversos livros de referência; ela, biografias,
novelas, contos e romances. Discutiam o significado
das palavras e problemas de tradução. Podiam passar
muito tempo só fazendo isso.

Disse a ele que em seu transbordar de amor não cabia amizade.

Por alguns dias, deixou de escrever suas dores, colocou os amigos de lado. Releu tudo que ele lhe dizia em cadência de aço, revestiu todo o verdadeiro com o peso do falso.

Tentava sobreviver à ausência dele.

Gilberto Gil cantando *Esperando na Janela*. A música que ele ofereceu a ela.

Todos os lugares que eles visitaram passaram a pertencer somente aos dois: Tiradentes, Monte Verde, Cunha, Gonçalves, São Luiz do Parahytinga, Poços de Caldas, São Francisco Xavier, Rio de Janeiro.
Nova Iorque e Visconde de Mauá continuaram pertencendo somente a ela.

Na manhã de um domingo, em que tinham um convite para um grande almoço, ele não telefonou e já era meio-dia. Ela cismou assalto, seqüestro, atropelamento. Na noite anterior tinham se despedido cedo, ele exausto foi pra casa, ela ficou pro sarau da filha. Não tinham dormido juntos.
Esperou mais uma hora e ligou pra filha dele, aos prantos. Com pouco tempo ele chegou, sorrindo. Sentiu-se orgulhoso por tanta preocupação.
Talvez tenha entrado em sumiço num sem-querer de propósito.

Deu a ela um colchão de princesa e um acolchoado de plumas de ganso.
Ela se olhou no espelho e se viu suave.

Desconfiava que ver passarinho morto, caído no chão de morte morrida, era tristeza de adulto.

Quando criança passarinho só morria por estilingue ou espingardinha de chumbo.

Como pedra fundamental da casa colocou numa caixa: fotos dos amigos, dos cachorros, textos que nortearam sua vida, alguns amuletos e uma foto dele, de braços abertos, do tempo em que viviam só certezas.
Uma amiga trouxe um maço de louros e duas romãs.
O primeiro tijolo trazia a inscrição: *All in all you're not just another brick in the wall*. Para não haver dúvidas.
De resto, uma invocação de paz e felicidade a todos que adentrassem seu teto.
Previa uns oitenta convidados dali a uns dez meses.

A estranha sensação de envelhecer, fazendo sua história em vôo solo. Ninguém que compartilhasse o crescimento das crianças, as dificuldades com dinheiro, a decisão de pintar os cabelos, as novas receitas de alcachofra, o silêncio.

Um mapa de relações fragmentadas e ele, uma verdade mais dentro dela do que a seu lado.

título ❦ resposta
autora ❦ elisa nazarian
capa ❦ eunice liu
design ❦ tomás martins
negrito design editorial
formato ❦ 13,8 × 21 cm
número de páginas ❦ 96
tipologia ❦ electra
papel ❦ pólen rustic 120 g/m²
impressão ❦ lis gráfica